Es muss ein Samstag gewesen sein

Nach (m)einer wahren Begebenheit

AF176472

Es muss ein Samstag gewesen sein

Nach (m)einer wahren Begebenheit

von

Jack Gärtner

Bibliografische Information der Deutschen Nationalbibliothek: Die Deutsche Nationalbibliothek verzeichnet diese Publikation in der Deutschen Nationalbibliografie; detaillierte bibliografische Daten sind im Internet über dnb.dnb.de abrufbar.

Herstellung und Verlag:
BoD – Books on Demand, Norderstedt

ISBN: 978-3-7519-5514-0

„Kennst Du den Witz mit den Bullen?"

„Nein, noch nicht!"

„Also, Vater Bulle und Sohn Bulle stehen auf einem Hügel und sehen in der Ferne eine Herde Kühe grasen..

..da sagt Babybulle:

»Hey Paps, lass´ uns runter rennen und eine von den Kühen bumsen!«

..darauf Papabulle:

»Nein mein Sohn! Wir gehen jetzt langsam da runter ..und bumsen sie alle!«"

-Robert Duvall (Officer Bob Hodges)

Jedes Mal, wenn ich mir ein weiteres Glas eingoss, nahm ich mir auf's Neue vor, die Whiskey Karaffe so ab zu stellen, dass es nicht klang, als versuchte ihr schwerer Körper den Glastisch gleich zu durchschlagen. Es gelang mir zwar jedes Mal weniger, aber glücklicherweise ging es mir auch von Glas zu Glas weiter am Arsch vorbei.

Es war seit vielen Stunden schon stockdunkel draußen und es hörte einfach nicht auf zu schneien. Ich hasste den Winter. Es lief gerade irgendeine Doku im History Channel über frühzeitige Folterinstrumente und in den Werbepausen spielten irgendwelche „Hausfrauen in deiner Nachbarschaft" an ihren Hängetitten. So eine eklig hohe Stimme, die diese enorm nervige Nullneunhunderter Nummer im Hintergrund in einer Endlosschleife herunterrasselt, kann einen wirklich fertig machen. Ich schaltete die Sender durch und blieb bei einer Wiederholung von TV-Total hängen. Super.

Entweder es wehte ein mittelstarker Wind durch meine Bude oder die halbe Flasche Jack

Daniels zeigte schon ihre Wirkung, als ich aufstand, um meine Blase zu entleeren. Warum war das Licht in meinem Badezimmer gerade eigentlich geschätzt zwanzig Mal heller als sonst? Mit der linken Hand stützte ich mich an der Duschkabine ab, mit der rechten manövrierte ich den Feuerwehrschlauch ungefähr in Richtung Kloschüssel. Wird schon gut gehen.

Ich rückte meine Shorts wieder zurecht und wusch mir die Hände. Egal in welchem Zustand ich mich je befand, das Signal, welches mein Hirn an meinen Körper sendete, dass ich mir jedes Mal die Hände waschen musste nachdem ich irgendetwas berührt hatte klang nie ab. Ich hätte sie sogar abgetrocknet, aber hier und vor allem in diesem Zustand ein Handtuch zu finden, war dann doch nicht so einfach.

Noch während ich meine Hände schüttelte, um sie Luft zu trocknen ..oder was auch immer, klingelte es an meiner Haustür. Zwei Mal. Genauso wie Cops klingeln, wenn sie mir mal wieder wegen irgendeiner Scheiße auf die Nüsse gehen wollten. Ich lief erst mal an der

Wohnungstür vorbei, ins Schlafzimmer, stellte mich auf mein Bett und sah aus dem Fenster. Um von hier aus, dem obersten Stock eines Mehrfamilienhauses die Haupteingangstür überhaupt sehen zu können, müsste ich mich weit aus dem Fenster lehnen. Da ich aber Angst hatte, dass das in meinem derzeitigen Zustand vielleicht das letzte sein könnte was ich in diesem Leben tue, beließ ich es dabei, nach Spuren im Schnee zu suchen. Als ich die Reifenspuren eines Autos, welches zu meinem Haus gefahren sein musste, erkannte, war schon mal klar, dass das Klingeln keine Halluzination war. Ich wohnte in einer Sackgasse, demnach hinterließ ein Fahrzeug beim hierher fahren eine und beim Wegfahren eine weitere Spur. Eigentlich.

Nachdem ich das Fenster öffnete, hörte ich jetzt sogar den laufenden Motor eines Autos. Unfassbar, wie kalt es draußen war. Wieder klingelte es an der Haustür. Selbst vom Bett aus konnte ich am Türspion erkennen, dass im Hausflur kein Licht brannte. Die Eindringlinge standen also noch nicht direkt vor meiner Wohnungstür, sondern noch immer unten. Als ich vom Bett sprang und wankend zum Stehen kam, hörte ich hinter mir das Motorengeräusch lauter werden. Wieder erklomm ich das Bett. Ich konnte in dem Schneegestöber zwar nicht erkennen, zu welcher Automarke die davonfahrenden Rückleuchten passen könnten, aber das war auch vollkommen egal, denn das gelb leuchtende Schild auf dem Dach war ziemlich eindeutig. Wenn das Taxischild leuchtete, hieß das, dass das Taxi noch besetzt oder leer war? Stand jetzt noch jemand unten oder nicht? Verdammter Alkohol! Verdammte Paranoia!

Schon wieder klingelte es. Jetzt länger und energischer. Aber wenn Cops nicht neuerdings in Taxen unterwegs waren, war ich ja schon mal auf der sicheren Seite, dass hier jetzt nichts Außerplanmäßiges passieren würde. Selbst nüchtern hätte ich mir aber nicht ausmalen können, wie sehr ich mich doch irren sollte.

„Hallo!?"

rief ich entschlossen durch die Freisprechanlage.

„Es ist kalt, kannst du uns bitte die Tür auf machen?"

erwiderte eine mir unbekannte Frauenstimme.

„Wem uns? Wer seid ihr?"

gab ich als Antwort zurück.

Sie sagte, dass sie Karin hieße und ihre Freundin Heidi dabeihätte.

Ehrlich gesagt sagten mir beide Namen nichts. Wobei, nicht ganz. Meine fette Tante hieß Heidi, aber wenn diese Gestalt jetzt vor der Tür stehen würde, würde ich sie wohl mit einer Mistgabel vertreiben müssen.

Erneut erklang die Stimme von einer der beiden und riss mich aus meinem Tanten-Kopfkino. Etwas energischer bat sie mich erneut, den Summer für die Türöffnung zu drücken.

„Ok ok" gab der Jack Daniels zurück, „in den Aufzug, und in den vierten Stock. Apartment 26!"

Ich öffnete die Haustür einen Spalt breit, schlenderte zurück ins Wohnzimmer und ließ mich auf meine braune, L-förmige Ledercouch fallen. Auf den Schock musste ich erst einmal das auf mich wartende halbe Glas in einem Zug reinfahren.

Mit einem frauentypisch quietschenden „HALLO!", wobei eine von ihnen das O in die Länge zog, standen die beiden jetzt im Flur. Ich fand hochhackige Stiefel ja schon immer gut, aber wenn diese vor Schnee und Wasser nur so triefen und meinen Holzboden versauen, kann mich auch eine halbe Flasche Fusel nicht davon abhalten, mich nach ihrem Geisteszustand zu erkundigen.

Einige Sekunden später saßen die beiden schräg neben mir. Jetzt zwar ohne Schuhe aber dafür noch immer in ihren Winterjacken.

„Was macht ihr hier?"

stellte ich in den Raum, während ich aufstand, um zwei weitere Gläser aus der Vitrine in der anderen Ecke des Raumes zu besorgen.

„Wir waren im Rockwerk feiern und dachten

uns, dass du vielleicht noch wach sein könntest",

gab sie mir grinsend zurück.

Jetzt hörte ich auch den slawischen Akzent heraus. Irgendwoher kannte ich die Kleine. Anscheinend.

„Wie geht's euch beiden?"

meinte ich, und schenkte dem Besuch jeweils ein Glas Whiskey ein.

„Du weißt, wer ich bin, oder? Karin, die kleine Schwester von Thomas, die seit vier Monaten volljährig ist."

Ich kann mir Gesichter bei Gott nicht merken und die irgendwelcher kommen und gehenden Frauen schon zweimal nicht, aber irgendwie ergab sich langsam ein trübes Bild im Nebel meiner Erinnerung. Ich glaube die Kleine hatte mir mal einen geblasen, als ich bei ihrem Bruder zu Besuch im Haus ihrer Eltern war und er draußen mit seiner Ex gestritten hatte. Das war aber sicher schon ein halbes Jahr her. Naja, ich war noch nie gut darin, das Alter irgendwelcher Mädels zu schätzen, die sich dazu auch noch schminkten wie Bordsteinschwalben.

Die zweite im Bunde war Heidi, die mit meiner Tante glücklicherweise überhaupt nichts gemein hatte. Sie war wirklich süß mit ihrem fast schwarzen Bobschnitt, aber der Hauch von Miststück in ihren Augen verriet mir sofort, wen ich da vor mir hatte. Eine von der Sorte, die dich mit dem treusten Hundeblick, den sie zu bieten hatte, ansehen konnte, dir dabei aber trotzdem einer abging, weil sie diese dauerrollige Katze in sich einfach nicht verbergen konnte.

Ihre Daunenjacke war tailliert geschnitten, worunter sich eine beachtliche Oberweite abzeichnete. Sie beobachtete mich, wie mein glasiger Blick über ihren Körper schweifte und lächelte mich an, als ich ihr irgendwann wieder ins Gesicht sah. Ein wenig ertappt wandte ich mich vorerst ab.

An Karin ging das wohl auch nicht spurlos vorbei, weswegen sie ein weniger offensiver wurde.

„Schön warm isses hier!"

sagte sie, während sie ihre Pelzkragenjacke abstreifte. Darunter kam ein hautenges, weißes Spaghetti-Top zum Vorschein. Neben ihren langen, hellblonden Haaren und strahlend blauen Augen war sie gertenschlank. Sie wusste genau, wie das mit ihrer hellen Miss Sixty Jeans, die wohl den schönsten Arsch der Welt formte, wirkte.

„Ja, für das, was ich den Gangstern von den Stadtwerken jeden Monat abdrücke is' ne warme Bude auch das Mindeste."

gab ich lächelnd zurück, während ich mein Glas zum Prosten erhob. Karin nippte nur kurz und verzog sogleich das Gesicht. Heidi hingegen roch mit geschlossenen Augen am Glas, lächelte kurz und stürzte sich den kompletten Inhalt in einem Schwung ihre Kehle hinunter. Da hatten wir wohl eine Kennerin in der Bude sitzen.

„Da stellt sich jemand also ohne Rücksicht auf

Verluste den harten Sachen!? Noch einen?"

richtete ich meine Frage an Heidi. So schnell konnte ich gar nicht gucken, da streckte mir auch Karin ihr leeres Glas hin.

„Gerne."

antwortete sie.

„Klar."

sagte jetzt auch Heidi abschätzig lächelnd und stand auf.

„Wo ist deine Toilette?"

legte Sie nach.

„Wenn du im Flur vor der Eingangstür stehst, die Tür links von dir."

Sie zog den Reißverschluss ihrer Jacke auf und warf diese beim Davonlaufen über den Sessel.

„Ist das eigentlich dein Ernst?"

fauchte mich Karin von der Seite an, als die Tür zum Flur ins Schloss gefallen war. Ein wenig verdutzt drehte ich mich zu ihr um.

„Worum geht'sn hier gerade?"

„Glaubst, ich seh' net, wie du sie anglotzt?"

„Hä? Ja und?"

gab ich zurück.

„Ich bin hergekommen, weil ich dich mal wiedersehen wollte. Sie is' nur dabei, weil ich nicht allein mit dem Taxi fahren wollte."

„Ja.. und weiter?"

„Nix und weiter! Warum glotzt du sie dann immerzu an?"

Ich hatte wirklich versucht, mein Lachen zu unterdrücken, schließlich sah das hier besoffen betrachtet alles nach der Anfangsszene eines Pornos aus, aber mein Mund wollte mir einfach nicht gehorchen und ehrlich gesagt konnte ich auch nicht anders. Ich fragte lachend:

„Sag' mal, was bitte redest du hier eigentlich? Wer bist du überhaupt? Wie bitte kommst du darauf, mir so ne' Ansage machen zu können? Ich hab dich so lang nimmer gesehen, dass ich dich nicht mal mehr erkannt hab', jetzt stehst du mitten in der Nacht vor meiner Tür und machst solche Faxen? Verarschst du mich?"

Noch während meiner Ansprache sah ich in ihren Augen, wie betrunken die Kleine eigentlich war. Sichtlich schockiert über meine Worte antwortete sie schließlich:

„Ja sorry, is' ja schon gut. Ich hab ihr nur gesagt, dass sie dich zwar nicht kennt, sie aber die Finger von dir lassen soll!"

„Hä!? Wir haben vielleicht zwei Sätze gewechselt!? ..wie auch immer. Fakt ist, ich habe keine Ahnung, wovon du redest, und entweder du kommst mal wieder runter von deinem Trip oder ich muss dich leider Gottes rauswerfen. Wird ja glücklicherweise schon wieder hell langsam."

„Ich weiß doch auch net, ich brauch' einfach mehr zu trinken, aber des hier schmeckt scheiße, hast du noch was anderes?"

Ich deutete mit einem abschätzigen Blick in Richtung Vitrine. Ich konnte meine Augen, egal wie sehr mir die Kleine gerade auf den

Sack ging, einfach nicht von ihrem Körper lassen. Wenn ich hätte raten sollen, hätte ich wohl auch auf einen knallroten Tanga getippt ..und genauso lächelte er mich gerade an, als sie sich vor die Flaschen kniete und ihre Jeans genau zwischen diesen beiden Grübchen rechts und links ein wenig nach hinten abstand.

Ich bemerkte, dass mir langsam das Blut aus dem Kopf entwich, als die Tür wieder aufging und Heidi reinkam. Ich hatte sie ohne Jacke nur von hinten sehen können, aber jetzt stand sie in voller Pracht vor mir. Was für ein wundervoller, leicht überdimensionierter Vorbau und was für eine schmale Taille dazu. Sie war maximal ein Meter sechzig groß, weswegen die ganze Geschichte nochmal ein Ticken heftiger rüberkam. Sie musste meinen Blick bemerkt haben, aber das war mir ziemlich egal. Karin genauso, aber auch das ging mir am Arsch vorbei. So wie ich dieses Prachtexemplar ansah, hat das wahrscheinlich selbst der Nachbar im Tiefschlaf bemerkt. Ich musste ausgesehen haben wie ein kleiner Junge, der gerade einen riesigen Schokohasen sieht. Einen Schokohasen mit beneidenswert großen und runden Titten.

„Des will ich!"

zerriss Karins Quietschestimme meine Schokohasen Fata Morgana. Wie He-Man sein Schwert hielt sie eine Flasche mit grünem Inhalt nach oben, auf der eine, zumindest für mich immer ziemlich bedrohlich wirkende, Zahl prangte. Drei Achten und ein Komma zwischen der vorletzten und letzten. Also entweder war für sie jeder grüne Schnaps pauschal immer irgendein papp süßes Waldmeister Gesöff oder aber die Kleine kann richtig was ab. Aber ehrlich gesagt glaubte ich nicht daran, dass sie eine Ahnung hatte, was Achtundachtzig Komma Acht prozentiger Absinth mit ihr anstellen konnte.

„Ja, der is' super!"

warf Heidi ein, während sie sich setzte und mir zu lächelte.

„Jaha, richtig super!"

pflichtete ich ihr schelmisch grinsend bei.

„Der gehört mir! Ihr könnt ja euren ekligen Schnaps weiter trinken",

quietschte sie wieder.

Triumphierend goss sie sich den Absinth fast drei Finger breit in ihr Whiskyglas und hob es erneut zum Prosten an.

„Dann mal auf ex oder nie wieder Sex!"

sprach Heidi meine Gedanken aus und erhob auch ihr Glas aufs Neue. Ich musste ehrlich gestehen, dass Karin ihr Gesicht gut unter Kontrolle behielt, wenn man bedenkt, dass ihr dreifacher Drink, den sie sich gerade hinter die Binde kippte, doppelt so viel Alkohol hatte wie unser einfacher, eh schon starker Jacky pur.

Es dauerte nicht sehr lange, bis Karin aufstand und schwankend, aber wortlos an uns vorbei in Richtung Tür steuerte. Keine Ahnung, wie gut die beiden sich überhaupt kannten, aber für eine Freundin erfreute sich Heidi prächtig an dem Elend, welches Karin wohl gerade ereilte.

Ich kam mit ihr wirklich gut ins Gespräch, obwohl wir beide schon langsam, aber sicher einen leicht lallenden Slang in der Aussprache nicht verbergen konnten. Sie lächelte bei jedem Satz und sah mir bei meinen Aussagen in die Augen oder auf die Lippen. Ich bemerkte ihr Interesse an mir und genoss die Situation merklich. Keine Ahnung, wie lange unsere Unterhaltung gedauert hatte, aber nach einer halben Ewigkeit ging zu unserer Überraschung die Tür zum Flur wieder auf und Karin kam herein. Sie sah aus, als wäre sie sich mehrere Male unkontrolliert durch die Haare gefahren, was ich aber erst als Zweites bemerkte. Zuerst stach mir die Tatsache ins Auge, dass sie außer ihrer roten Unterwäsche keine Hose mehr anhatte.

„Ich geh' jetzt ins Bett!"

lallte sie daher, machte mit ihren Fingern das „Peace Zeichen" und verschwand wieder im Flur.

„Sag' mal, bin ich ez vollkommen dicht oder hatte die grad keine Hose mehr an?"

hörte ich mich sagen.

„Ne, ich habs auch gesehen. Anscheinend übernachtet sie heute hier."

Plötzlich klingelte ein Handy irgendwo aus der Richtung, wo der Sessel stand.

„Is' meins!"

sagte Heidi, stand auf und förderte ein blinkendes Smartphone aus ihrer Jackentasche zu Tage.

„Das ist Karin",

sagte sie ein wenig verdutzt und sah mich an.

„Wer ist Karin?"

antwortete ich, schwer in der Annahme, dass eine Person, die vor fünf Sekunden noch hier im Raum stand, sie wohl nicht auf dem Handy anrufen würde.

„Ja ok, sag' ich ihm."

hörte ich Heidi ins Telefon nuscheln, bevor sie den Auflegen-Button drückte.

„Du sollst mal bitte zu ihr rüberkommen, es wäre wichtig",

legte sie nach.

Bei Gott, wenn die mir in mein Bett gekotzt hat, erschlage ich sie, hörte ich mich denken. Oder sagen. Was weiß ich. Alkohol.

Als ich mich aufmachte, um in Richtung Tür zu schwanken, war es noch windiger als vorher. Wir hatten uns, kurz nachdem Karin aus dem Zimmer gestolpert war, auch einen kleinen Absinth gegönnt, um uns ein Bild davon zu machen, was dieses grüne Halbgift so für einen Dampfhammer austeilt, und ich musste mir eingestehen, dass er für das geradeaus Laufen jetzt doch nicht wirklich förderlich war.

„Kannst du mir ein T-Shirt von dir bringen?"

hörte ich es hinter mir.

„Was?"

„Naja, ich hab' kein Geld mehr, um mit dem Taxi in die Stadt zu fahren, und wenn sie jetzt hier schläft, dachte ich, ich könnte vielleicht auch dableiben und auf Deiner Couch schlafen?

„Ähm.. ja, klar. Kein Problem. Ich geh' schnell

rüber zu ihr und seh' mal nach, was da los ist. Bin gleich wieder da."

In der Hoffnung, dass mir jetzt kein Geruch von frischer Kotze in die Nase stieg, öffnete ich die Tür zu meinem Schlafzimmer. Sofort durchzog mich ein eiskalter Schauer. Es roch zwar frisch, aber dafür war es unfassbar kalt. Anscheinend hatte ich vorhin vergessen, das Fenster wieder zu schließen und sie hatte es in ihrem Delirium nicht einmal bemerkt. Und den Schnee auf dem inneren Fensterbrett, der nach und nach auf die Bettdecke herabfiel, wohl auch nicht. Oder aber sie rief ihre Freundin an, um ihr zu sagen, dass ich kommen sollte, um das Fenster zu schließen. Das wäre aber selbst so besoffen wie sie gerade war, wirklich dreist.

Das Boxspringbett stand seitlich zur Tür und ich konnte nur ihren blonden Hinterkopf, eingebuddelt in meiner Bettdecke, erkennen.

„Hey? Is' alles ok?"

fragte ich, während ich erneut auf das Bett stieg und das Fenster schloss. Keine Antwort.

„Hey!?"

versuchte ich es erneut, aber dafür ein wenig unsanfter. Wieder keine Reaktion.

„Dann eben nicht",

sagte ich vor mich hin und steuerte meinen Kleiderschrank an, um ein Shirt für die Kleine im Wohnzimmer zu suchen. Irgendetwas, was mir schon selbst viel zu klein ist, würde es werden müssen. Ich war gespannt, wie sich ihr Vorbau in dem Oberteil machen würde.

„Kannst du kurz kommen?"

hörte ich Karin hinter mir.

„Hey, is' alles gut? Du hast nirgendwo hin gekotzt, oder?"

„Nein, komm' jetzt!"

„Wohin? Ich bin doch da?"

„Komm' endlich ins Bett, man!"

forderte sie mich jetzt auf.

Nun ja, Mama hatte immer gesagt, ich wäre ein

guter Mann, wenn ich einer Frau keinen Wunsch abschlagen würde. Ich hatte also praktisch überhaupt keine andere Wahl. Noch bevor ich richtig lag, drehte sie sich wie ein tasmanischer Teufel in meine Richtung und umklammerte mich. Obwohl ich noch Hosen und ein Shirt trug, merkte ich, wie kalt sie war. Außerdem hatte sie jetzt auch ihr Oberteil ausgezogen und ich blickte auf einen roten Spitzen-BH, wobei ich gestehen musste, dass mir nicht unbedingt klar war, warum sie diesen überhaupt trug. Vielleicht waren sie und die Kleine im Wohnzimmer ja auch zweieiige Zwillinge und Heidi hatte die ganze Oberweite bekommen. Was für ein Schwachsinn spukte eigentlich gerade in meinem Kopf herum?

„Hey, du bist kalt wie ein Frosch, hast du nicht gemerkt, dass das Fenster offenstand und es reingeschneit hat?"

„Mir is' nicht kalt",

bekam ich zurück, wobei sie das letzte Wort noch überhaupt nicht ausgesprochen hatte, als sie schon mit ihrer eiskalten Hand meinen

Schwanz umklammerte.

„Wow!"

erschrak ich.

„Is dir klar, wie kalt deine Pfoten sind?"

„Stell dich nicht so an, man!"

war die Antwort.

„Ok, Folgendes",

gab ich zurück..

„Du hauchst dir jetzt paar Mal in die Hände und ich bring Heidi schnell ein Shirt zum Schlafen rüber, dann komm' ich wieder."

„Woah man Alter, aber beeil dich!"

Leck mich die Welt am Arsch war die Kleine übel unterwegs. Wie auch immer, bevor Heidi wegen dem Shirt irgendwann hier klopft, brachte ich das schnell hinter mich. Ich schnappte mir also das Oberteil mit der geschwungenen Aufschrift „FUCKING AWE-SOME" und schloss die Schlafzimmertür hin-

ter mir. Durch den Flur im Wohnzimmer angekommen fand ich eine in die Couch zurückge-
lehnte, fast schon liegende Heidi vor. Als sie
mich sah, richtete sie sich lächelnd auf und
sagte:

„Ich dachte schon, ihr habt gleich losgelegt und
du vergisst mich einfach."

„Losgelegt?"

fragte ich gespielt verdutzt.

„Quatsch' nicht rum, sie hat vorhin von nix an-
derem gesprochen als dich dann flach zu le-
gen."

„Ah, ok. Na dann",

lächelte ich, während ich mit dem Shirt auf sie
zusteuerte. Als ich vor ihr stand, ging sie einen
Schritt auf mich zu, streckte ihren Kopf seitlich
zu meinem, um mir ins Ohr zu flüstern:

„Da wusste ich aber noch nicht, wie heiß du
mich machst."

Als ich meinen Kopf zurücknahm, um ihr in
die Augen zu sehen, sah ich sie nur noch kurz

lächeln, bevor sie sich ihren schwarzen Pulli über den Kopf zog. Da stand sie nun in voller Pracht. Ich wollte mich überhaupt nicht dagegen wehren, denn mein Blick wäre in jedem Fall nach unten gewandert. Ja, ich erkenne ein Doppel-D Körbchen, wenn ich es sehe.

„Schläfst du immer mit BH?"

war aus welchem Grund auch immer das erste, was ich dazu sagte. Noch bevor mein eigener Kopf mich selbst fragen konnte, welche auf Whiskey und Absinth basierende Scheiße ich hier eigentlich redete, erntete ich ein entschlossenes:

„Nein."

Sie fuhr mit der linken Hand hinter ihren Rücken und sah mir dabei unausweichlich in die Augen. Und da ist er wieder. Dieser Moment und die damit verbundenen Gedanken, die einem Mann jetzt durch die Birne schießen: „Sind die echt? Wie viel muss dieser BH wirklich stützen? Was passiert hier, wenn der Spanngurt runter ist? Hat die Milch? Was!?"

Vielleicht hat aber auch der Absinth einige dieser Gedankengänge hinzugedichtet.

Mit einem Satz sprang der weiße Büstenhalter nach vorn und glitt an den Schlaufen an ihren Armen hinunter.

„Ne, passt alles!"

hoffte ich wirklich inständig, nur gedacht zu haben.

„Ja, will ich hoffen",

bekam ich ein wenig verdutzt zurück.

Eine so wundervolle Form gibt es wirklich selten und sie genoss meinen Blick spürbar. Sie nahm meine Hände und führte sie um ihre Hüfte. Grinsend in dem Wissen, dass ich schon lange keine Chance mehr gegen ihre Waffen hatte, schob sie sie langsam weiter nach oben, bis sich diese zwei von Gott wahrscheinlich höchstpersönlich geformten Titten in meine Hände schmiegten.

„Puuuhh!"

hauchte ich vor mich hin.

„Ja, ich weiß. Willst du immer noch rüber ins Schlafzimmer?"

Ich antwortete ihr nicht und küsste sie grinsend auf den Mund, während ich jetzt eine Nummer ruppiger vorging.

„Ah, da mag es jemand härter?"

sagte sie, als sie sich von meinen Lippen löste. Ohne ein Wort packte ich ihren Arsch und hob sie hoch, sodass sie ihre Beine um mich schlingen konnte. Hätte auch sie keine Hose mehr angehabt, hätte sie meinen festen Griff sicher nicht so leicht weggesteckt. Jetzt küsste sie mich und biss mir dabei leicht in die Lippe. Als ich mich langsam nach vorn beugte, legte sie ihre Arme um meinen Hals, um nicht nach hinten zu fallen. Dann setzte ich sie auf dem mit braunem Leder überzogenen Dreisitzer ab und richtete mich zu ihrem Erstaunen wieder auf, sodass ich zwischen ihren gespreizten Beinen stand. Ich liebte diesen Moment. Genau dann, wenn sie mir gerade alles geben wollen, was sie haben, zu stoppen, um sie dabei zu beobachten.

Ihr erst in die Augen und danach auf den entblößten Körper zu blicken. Leicht lächelnd, aber erwartungsvoll. Egal wie abgeklärt die Braut unter dir auch ist, in diesem einen Moment ändert sich das Machtgefüge. In diesem Moment sagt ihr ihr Instinkt, dass der Kerl über ihr jetzt genau weiß, was er tut. Und dann sah ich es. Zum ersten Mal an diesem Abend. Diese Unsicherheit in ihren Augen. Die Unsicherheit darüber, was hier jetzt gleich passieren wird, aber zugleich die Gewissheit, dass sie sich mir ausgeliefert hat. Sie vertuschte dieses Gedankenwirrwarr bei ihrem nächsten Satz nur sehr schlecht.

„Was ist denn los?"

„Nichts",

antwortete ich.

Ich berührte den Bereich zwischen ihren Titten ganz leicht mit der Spitze meines Zeigefingers und fuhr mit sanftem Druck nach unten. Vorbei an ihrem wunderschönen Bauchnabel, während ich ihr weiter in die Augen sah. In dem Moment, als ich mit einer schnellen Bewegung mit allen Fingern am oberen Bund in ihre Hose fuhr und sie samt Gürtelschnalle packte, atmete sie etwas lauter als normal durch ihre gespitzten Lippen ein und schloss dabei die Augen. Ich zog sie ein wenig an mich und öffnete meine Hand, ohne wieder aus der Hose zu gleiten. Als ich meine Finger ganz streckte, spürte ich, dass ich mich mit dem Rücken des Mittelfingers genau zwischen ihren feuchten Schamlippen befand. Jetzt sah sie mir in die Augen.

„Willst du mich?"

flüsterte sie diese Klischeefrage so leise vor sich hin, dass ich es fast nicht mehr hören konnte.

„Ich nehme dich!"

gab ich grinsend, zurück und fuhr langsam aus ihrer Hose, wobei ich ihren Kitzler spüren konnte.

Sie versuchte, an meinen Gürtel zu kommen, aber bevor sie ihr Ziel erreicht hatte, packte ich sie, lehnte mich vor und verschränkte ihr ihre

Hände hinter dem Kopf, sodass ich sie nur mit der linken Hand fixieren konnte. Mit der rechten fuhr ich jetzt auf ihr liegend wieder in ihre Hose, diesmal mit der Handfläche nach vorn. Sobald ich ihren Venushügel passiert hatte, spürte ich ihren jetzt noch nasseren Schmetterling. Ich drang nur einmal kurz mit zwei Fingern gleichzeitig in sie ein, woraufhin sie ein etwas kräftigeres Stöhnen von sich gab und anfing zu versuchen, ihre Hände wieder frei zu bekommen. Ich hielt sie noch fester. Danach zog ich meine Hand wieder aus ihrer Hose, streifte über ihren Bauch und packte ihre rechte Brust als ich ein weiteres Stöhnen hörte. Ein kleines schmerzverzerrtes Naserümpfen, gefolgt von einem Biss auf die eigene Unterlippe und einem lustvollen Lächeln hinterher bewiesen mir, dass wir auf der gleichen Welle schwammen.

Jetzt ließ ich von ihrer Brust ab und nahm ihr Gesicht in meine Hand, wobei ich mit der anderen noch immer ihre Hände ich Schach hielt. Ich drückte ihre Wangen leicht zusammen und gab ihr einen weiteren Kuss. Als ich mich wieder von ihren Lippen löste, hörte ich sie etwas sagen, was ich aber nicht verstand. Ich löste meinen Griff leicht und sie wiederholte.

„Fick mich!"

„Wie heißt das Zauberwort?"

gab ich zurück. Woraufhin sie mit aufeinander gebissenen Zähnen und eindringlichem Blick antwortete:

„Fick mich! Bitte!"

Sie gehörte mir. Sie würde tun, was ich wollte. In diesem Augenblick, als ich meine Lippen wieder auf ihre drücken wollte, zerriss ein so lauter und quietschender Schrei den Moment, dass ich vor Schreck zusammenfuhr.

„Du dreckige Hure! Du verdammte Drecksau!"

hörte ich es hinter mir schreien. Mir war sofort klar, was hier jetzt gleich geschehen würde, aber trotzdem war es doch irgendwie lustig, als ich es dann wirklich sah. So aufrechtstehend sah die Kleine in Unterwäsche, mit ihrem BH, der wohl wirklich nur dazu da war, ihre Brustwarzen zu bedecken, noch dürrer aus als liegend.

Noch bevor Karin die noch immer da liegende Heidi attackieren konnte, drehte ich mich um und stand auf, sodass sie mir direkt in die Arme lief.

„Hey! Alles gut! Schrei' ma' nich' so rum!"

„Was »schrei nicht so rum«? Diese Fotze! Ich hab' gesagt, sie soll dich in Ruhe lassen!"

Sie hantierte wie eine Furie und versuchte, sich von mir los zu reißen, was ihr aber nicht gelang. Als ich mich schmunzelnd zu Heidi umdrehte, sah ich, dass sie sich bereits die dünne Decke, die zusammengelegt hinter der Couch lag, über ihren nackten Körper gezogen hatte. Ihrem Gesichtsausdruck konnte ich entnehmen, dass sie die Situation irgendwie nicht so lustig fand wie ich.

„Jetzt komm' mal wieder runter",

versuchte ich Karin zu beruhigen.

„lass' uns zusammen rüber gehen und kurz sprechen."

Ich merkte, dass sich ihre Körperspannung löste und sie sich langsam wieder beruhigte. Sie warf Heidi noch einen vernichtenden Blick zu und trat den Rückzug ins Schlafzimmer an.

„Ich klär' das kurz",

sagte ich in Heidis Richtung, während ich eine beruhigende Geste mit der Hand machte.

„Was is' hier eigentlich los?"

eröffnete ich das Gespräch.

„Was hier los is'? Ich komm' zu dir und du hast nix Besseres zu tun als meine Freundin zu ficken!?"

„Ok, Folgendes. Und ich sag's dir nicht noch einmal: Hör auf, mir solche Ansagen zu machen! Ich versteh' schon, dass du angefressen bist, aber wenn du jemanden anscheißen willst, dann sicher nicht mich! Ich hab' dir hier überhaupt keine Rechenschaft abzulegen!"

„Weißt was? Dann fick sie doch! Ich hau ab, du

Arschloch!"

gab sie mir zurück, während sie ihre Hose hinter dem Bett hervorangelte. Hundertprozentig streckte sie dabei ihren kleinen runden Arsch absichtlich so heftig nach hinten. Egal wie eine Frau gebaut ist, aber wenn ihr Gesicht auf dem Bett liegt und ihr Arsch nach oben zeigt, ist es einfach um mich geschehen. Aber so sehr mir dieser Anblick auch zusagte, wenn ich jetzt anfangen würde, meinen Schwanz auszupacken, würde sie mich wohl runter werfen wie ein verdammter Rodeo Bulle auf Ecstasy. Nachdem sie ihre Hose endlich an hatte, wobei sie sich zweimal fast hin gepackt hätte, war meine Begeisterung dafür, mit ihr im gleichen Raum zu sein, auch schon dahin. Ich steuerte also den Flur an, um dann rechts wieder ins Wohnzimmer abzubiegen. Zu meiner Erschütterung war jetzt aber auch Heidi wieder komplett angezogen. Sogar ihre schwarze Daunenjacke hatte sie wieder an.

„Was'n hier los?"

fragte ich, während Heidi stehend ihre Kippen

und ihr Feuerzeug in die Jackentaschen steckte.

„Was soll sein? Des zieh ich mir nich' rein hier!
Die is' doch nicht ganz dicht! Ich hau ab!"

„Wieso? Die is' doch grad gegangen!?"

gab ich zurück, als ich hörte, wie meine Wohnungstür mit einem lauten Knall ins Schloss
fiel. Aber ohne darauf einzugehen, was ich
sagte, steuerte Heidi jetzt trotzdem an mir vorbei.

Naja, wie auch immer. Dann sollen sie eben
beide wieder gehen. Ich habe keinen Nerv dafür, irgendwelchen irren Bräuten hinterher zu
hechten. Dafür habe ich aber gute Chancen,
dass dieser großzügige Rest in der Jackypulle
die Erinnerung an diese Scheiße hier vernichtet,
bis die Sonne wieder aufgegangen ist. Apropos,
wie spät war es eigentlich? Und warum war es
hier eigentlich so warm? Nachdem ich die
Couch erklomm, auf der gerade noch Heidi saß,
und das Fenster kippte, hörte ich plötzlich, wie
die beiden Verrückten unten stritten. Ich
konnte nicht genau verstehen, was sie sagten,

weil beide ständig simultan sprachen, aber irgendwie hörte sich der Ton von Satz zu Satz versöhnlicher an. Ich setzte mich wieder auf meinen Platz, um mir mein Glas endlich wieder etwas genauer anzusehen, als erneut diese auf die Dauer unglaublich stressig und durchdringend quietschende Stimme von Karin in mein Ohr krabbelte, um das Zentrum für ekelhaft störende Geräusche in meinem Hirn von hinten zu ficken. Was war los mit dieser Frau?

Noch bevor ich richtig drüber nachdenken konnte, hatte ich mich mit einer Winterjacke und Jogger bewaffnet auf den Weg zum Aufzug gemacht, um mich und vor allem alle anderen Mitbewohner dieses Hauses von dieser Tortur zu befreien. Unten angekommen sah ich durch den Flur und die dahinter befindliche Glastür die beiden aufeinander einredend.

„Is' des eigentlich euer Ernst?"

fragte ich in ihre Richtung, als ich die Tür in einem Schwung nach innen aufzog.

„Is' euch eigentlich klar, wie laut ihr seid? Seid ihr noch ganz dicht?"

„Sag's ihr! Keine Ahnung, was die sich in ihrem Kopf zusammen spinnt!"

kam von Heidi.

„Worum geht'sn hier? Was soll ich wem sagen?"

„Sag' ihr, dass wir nichts gemacht haben! Sie meint, sie hätte mich oben ohne gesehen. Keine Ahnung, was die sich zusammen spinnt!"

„Wer war oben ohne? Sie?"

erwiderte ich, während ich auf Heidi zeigte.

Eigentlich musste ich lachen, weil Heidi ihrer Freundin, oder in welch suspektem Verhältnis die beiden auch immer stehen mögen, gerade so heftig in die Fresse log, dass sich hätten alle Balken im Haus biegen müssen, aber gut, anscheinend interpretierte Karin meine Reaktion als Bestätigung für ihre absurde Vorstellung was „angeblich" passiert sein sollte.

„Schatz, der Absinth hat dich ganz schön aus der Bahn geworfen aber das passiert manchmal, vor allem wenn du ihn nicht gewohnt bist.

Du hast einfach ein wenig zu viel erwischt."

legte ich nach, während ich sie tröstend um-
armte und ihren Hinterkopf tätschelte wie den
von einem zurückgebliebenen Kind.

„Aber ich hab doch.."

„Is' schon gut!"

unterbrach ich sie, während sie mich wieder in
Richtung Aufzug lenkte. Und so schnell, wie
die beiden aus meiner Bude verschwunden
waren, waren sie dann auch schon wieder da.
Interessanterweise verabschiedete sich Karin
auch gleich wieder ins Schlafzimmer, während
Frau Doppel D wieder in gewohnter Manier
das Wohnzimmer ansteuerte.

„..ich schau mal rüber zur kleinen, bevor sie
wieder abdreht",

wollte ich mich von Heidi verabschieden, als
sie diese „komm' her-Bewegung" mit dem Zeigefinger machte. Ich sah noch, wie Karin ihre
Jacke wieder auszog und sie auf meine Kommode warf, bevor die Tür zum Schlafzimmer
zuging.

„Was gibt's?"

hörte ich mich noch sagen, als Heidi mich am Kragen packte und so nah an sich heran zog, dass ich ihren Pfefferminzatem von ihrem Kaugummi riechen konnte..

„wenn du sie jetzt fickst, fickst du mich definitiv nicht!"

„Niemals?"

gab ich zurück.

„Niemals!"

antwortete sie.

„Ok",

akzeptierte ich die Challenge. Ich gab ihr einen langen Kuss mit Zungenakrobatik und anschließendem Ständer meinerseits, fuhr mit meiner rechten Hand zwischen ihre Beine und packte sie. Jetzt ging ich einen Schritt nach vorne, sodass sie einen zurück machen musste und deswegen rückwärts auf meine Couch stolperte. Hier saß sie nun vor mir, wieder bereit, mir alles zu geben. Ich betrachtete mein

Werk noch zwei bis drei Sekunden, um dann die Geschichte schließlich mit einem:

„Schlaf gut"

zu beenden.

Ich drehte ihr den Rücken zu und ging wieder Richtung Flurtür. Eine Antwort bekam ich nicht mehr. Ich drehte mich auch nicht mehr um, verweilte jedoch kurz im dunklen Flur. Ich wusste nicht, was in ihrem Kopf vorging, aber dass es eine schlechte Idee war, mir irgendein Ultimatum zu stellen, verstehen Mädels wie sie lieber jetzt als gleich.

Ich nahm einen tiefen Atemzug durch die Nase und atmete wieder aus, wobei ich den Whiskey riechen konnte. Jetzt öffnete ich langsam die Tür zum Schlafzimmer und fand dort eine augenscheinlich tief schlafende Karin vor. Natürlich wieder nur in Unterwäsche. Glücklicherweise war es hier nicht mehr so kalt wie vorhin, aber trotzdem noch immer um einiges kühler als im Rest meiner Bude. Ich zog mich bis auf meine Shorts aus und legte mich mit in mein Bett.

„Alles ok bei dir? Geht's dir wieder bisschen besser?"

Keine Antwort. Stattdessen nur gleichmäßiges, tiefes Atmen. In Anbetracht dessen, was hier vor wenigen Augenblicken noch für ein Film lief, kann ich mir nicht vorstellen, dass die Kleine ihren Adrenalinhaushalt wieder so in den Griff bekommen hatte, dass sie sofort eingeschlafen war. Nach einem:

„Ok, wenn du pennst, kann ich ja wieder rüber gehen",

schossen ihre Augen auf und sie packte mich am Handgelenk.

„Das ist jetzt nicht dein Ernst, oder?"

kam zurück.

„Alles gut! Ich wollte dich doch nur pennen lassen",

flunkerte ich, obwohl mir vollkommen klar war, wie sie auf so einen Satz reagieren würde, wenn sie auch nur noch einen Funken Leben in sich tragen würde.

„Ich schlaf nicht, komm' her!"

war das letzte Verständliche, was in den nächsten Minuten noch aus ihrem Mund kommen sollte.

Sie hatte den Satz gerade noch fertigbekommen, als sie schon unter der Bettdecke verschwunden war, mir die Shorts unter dem Arsch wegzog, um sich an mir mündlich zu schaffen zu machen. Gegen so einen Anfang habe ich grundsätzlich nie etwas einzuwenden und glücklicherweise hatte sie auch ihre Zähne unter Kontrolle, aber Taktgefühl war dabei irgendwie nicht wirklich ihre Stärke.

Viele Frauen gehen davon aus, ein Blowjob sei eine banale Sache, aber so ist das nicht. Er sollte vielmehr wie die Dramaturgie einer guten Geschichte sein. Mit einem Anfang, der einem erst einmal erklärt, worum es hier gerade geht. Sanft und aufregend zugleich. Die Zungenspitze sollte zuallererst dem Köpflein, dem Rest und dann den Eiern erzählen, was gleich auf sie zukommen wird. Erst wenn man gedanklich nirgendwo anders mehr sein kann, kommt der Mittelteil. Der Abschnitt, der die größte Spannung mit sich bringt. Hier sollte sie ihn komplett mit ihren Lippen umschließen, wobei alles noch sehr langsam vonstattengeht. Man sollte jeden Zentimeter, den sie mit ihrem Mund zurücklegt, intensiv fühlen können und vor allem muss sie diesen Genuss vermitteln können. Diesen Genuss, dass sie jetzt sprichwörtlich die Zügel in der Hand hat. Ich will fühlen, dass ihr der Moment schmeckt. Aber so gut diese Geschichte auch erzählt wird, darf dieser Teil nicht allzu lange dauern. Im letzten Akt dieses wundervollen Kunstwerks muss sie ihre Hand mit ins Spiel bringen, mit der sie erst die Nüsse leicht massiert, bevor sie am Schwanz direkt zur Tat schreitet. Und wie bei jedem wahrlich guten Happyend muss sie dann so heftig schnell über die Moral von der Geschichte erzählen, dass mir schließlich Hören und Sehen vergeht.

Karin jedoch war gelinde gesagt jetzt nicht die beste Geschichtenerzählerin. Genuss vermitteln und solche Faxen waren anscheinend auch nicht wirklich ihre Stärke. Stattdessen schob sie sich meinen Hammer gleich so heftig ins Gesicht, dass ich wirklich Angst bekam, sie würde jetzt definitiv alles vollkotzen. Bei meinem Glück noch in diesem widerlichen Absinthgrün. Am besten mir noch warm auf den Bauch und auf alles andere im Radius von drei Metern.

Dieses verdammte Kopfkino ließ meinen kleinen Freund sogar kurz schwächeln, wobei sie wenigstens das ganz gut im Griff hatte. Mehr noch, sie hörte gar nicht auf, ihn sich regelrecht in den Mund zu pressen. Keine Ahnung, was sie da eigentlich vor hatte, aber ich spielte einfach mal mit. Dass ich diese Sache irgendwann überhaupt nicht mehr genießen konnte, war klar, aber so wie ich das hier sah, wird das anscheinend so eine Art Wettrennen. Entweder gewinne ich oder ihr Würgereflex. War mir ein Cumshot ein voll gekotztes Schlafzimmer wert? Jack Daniel's sagte ja. Ich selbst war mir unsicher und der Absinth summte sowieso nur irgendeine seltsame Melodie.

Nach dem fünften oder sechsten Mal drücken verschwand mein Schwanz letztendlich doch komplett in ihrem Mund. Ohne Zwischenfälle. Respekt. So etwas erforderte Übung. Jetzt fuhr sie immer wieder hoch bis zur Spitze und wieder komplett runter. Was für ein Gefühl. Ab und an drückte sie etwas nach und machte einen leichten Katzenbuckel. Entweder es war gar nicht so einfach wie es aussah oder ihr kam es wirklich alle zwei bis drei Schwanzschluckaktionen immer wieder hoch. Wie dem auch sei.

Irgendwann, als ich so nach unten sah, erwiderte sie meinen Blick. Sie hatte leicht Tränen in den Augen, was ihre Schminke verschmieren ließ. Irgendwie lustig und ich konnte mir ein Schmunzeln nicht verkneifen.

„Is' alles klar da unten?"

„Kuuaar",

erwiderte sie und zog gewinnend eine Augenbraue nach oben.

„Brav stillhalten, dann mach ich auch so weiter."

Legte sie nach, als sie den Kopf für eine diesmal verständliche Antwort kurz hob.

Moment mal!? „Brav stillhalten"? Dachte die Kleine hier gerade wirklich, dass sie mich jetzt einfach um den Finger wickeln kann? Eine Stimme in mir sagte mir relativ schnell, dass ich die Sache aber so jetzt nicht stehen lassen könne. Langsam fuhr ich mit meiner rechten Hand in ihre Haare, wickelte sie behutsam einmal um meine Hand, bis ich einen ordentlichen Griff hatte. Stumm drückte ich ihren Kopf vorerst sanft, danach mit etwas mehr Nachdruck nach unten, sodass sie ihn mal wieder komplett in ihrem Mund verschwinden ließ. Keine Reaktion. Sie atmete einfach durch die Nase und blieb vollkommen unbeeindruckt. Ok, Eins zu Null für sie.

Danach sah ihr noch ein wenig zu, aber der Absinth schmiedete summend einen Plan. Mir war nicht ganz klar, auf wessen Befehl hin mein Körper sich gerade angefangen hat zu bewegen, aber ehe ich mich versah, schubste ich sie leicht nach oben, drehte mich um die eigene Achse, wobei sie sich natürlich wie ein Blatt im

Wind mit drehte. Jetzt befanden wir uns wieder in der gleichen Position wie eben, nur dass ich oben lag und sie unten. Jetzt war ich der Geschichtenerzähler und gab Rhythmus und Geschwindigkeit vor und nun wollten wir mal sehen, wer hier „brav stillhalten" wird. Ich schob ihn ihr in langsamen Bewegungen in den Mund und wieder heraus. Ich wollte ihren Untergang langsam herbeiführen und ihn genießen. Jedoch merkte ich bereits in den ersten Sekunden, dass dieser Plan wohl irgendwie nicht so ganz aufgehen würde. Ich sah ihr dabei zu, wie leicht sie diese Aktionen wegstecken konnte und fing langsam an, mich zu fragen, wie so etwas anatomisch überhaupt möglich war.

„Fickst Du mich jetzt endlich mal richtig ins Maul oder muss ich dir erst zeigen, wie das geht?"

fuhr sie mich spöttisch grinsend an, nachdem sie mich von sich stieß. Spätestens jetzt weckte sie meinen Vernichtungsinstinkt. Ich nudelte sie jetzt so heftig in die Futterluke, als wenn es kein Morgen mehr geben würde. Sie steckte alles ein, was ich ihr gab. Manchmal langsam, manchmal schneller. Manchmal stieß ich nur mit der Absicht so heftig zu, um irgendeine unvorhergesehene Reaktion hervorzurufen, aber sie ließ es einfach geschehen. Sie machte nur den Mund auf und nahm alles, egal wie brachial es kam.

Ich hätte ihr sogar meine Ladung in den Hals geschossen, wenn sie nicht jedes Mal so ein komisches Gesicht ziehen würde, wenn ich mit meinem unteren Bauch an ihre vorderen Schneidezähne knallte. Einmal drauf hängengeblieben konnte ich auch nicht mehr wegsehen. Wie kann man nur so eine Fresse ziehen? Klar, man wird gerade in die Schnauze gefickt, aber sie muss doch auch mal an mich denken! Wie soll ich bei so einem Gesichtsfasching kommen? Jetzt musste ich mich krampfhaft dazu zwingen wegzusehen, da ich sonst Gefahr lief, einen mittelschweren Lachkrampf zu bekommen. Ich nagelte sie noch ein wenig der Freude wegen, aber an ein Happyend war jetzt nicht mehr zu denken. Anscheinend bemerkte sie meine kleine Pause, aber anstatt kurz durch zu schnaufen, krallte sie sich mit ihren spitzen Fingernägeln in meinen Arsch und presste mich wieder zu sich hin und in sich rein. Ok, dachte ich mir, wenn sie es so will, bekommt sie es eben so und solange ihr dabei nicht die Augen aus den Höhlen ploppen war doch alles paletti.

So wie ich das im Großen und Ganzen aber beurteilen konnte, musste ich die Sache hier trotzdem irgendwie umdisponieren. Entschlossen glitt ich langsam endgültig aus ihrem Mund und rutschte runter zwischen ihre Beine. Danach fuhr ich mit der Hand zwischen ihre Schenkel und bemerkte, wie auch sie diese Session hier nicht gerade kalt gelassen hatte. Ich orientierte mich kurz und vollzog die Ehe.

„Aua Alter! Fuck",

stöhnte sie, während sie die Nase rümpfte, aber gleich danach lächelte.

Ich fuhr langsam aus ihr heraus, um dann erneut heftig zuzustoßen.

„Aah, oh fuck!"

bekam ich stöhnend als Antwort.

Ich wiederholte es noch ein paar Mal, ließ dann aber von ihr ab, legte mich neben sie und hob sie auf mich. Erstaunlich, für jemanden, der sich gerade mit einem Schwanz den Kehlkopf massieren ließ, setzte sie sich wirklich ziemlich zaghaft auf mich. Nachdem sie mich ein wenig ritt, startete sie immer wieder Versuche, mich zu küssen. Keine Ahnung, wie sie auf diese Schnapsidee gekommen war, aber das ging dann doch selbst mir eindeutig zu weit. Ich drückte sie nach oben, sodass ich sie aufrecht auf mir sitzend hatte. Aber auch jetzt war die Sache nicht besser. Knetet man auch nicht vorhandene Brüste? Was sollte ich damit anstellen? In die Nippel kneifen und damit wackeln? Leider spielte sich dieser Gedankengang nicht nur in meinem Kopf ab, sodass ich erst wieder richtig denken konnte, als ich die Nippel schon in meinen Fingern hatte. Dieser verdammte Jacky!

Jetzt kam sie mir für meinen Geschmack mit ihren Lippen wieder etwas zu nah, wofür ich aber schon eine spontane Lösung parat hatte. Ich schob ihr meinen Mittel und Ringfinger zwischen die Lippen, an denen sie auch gleich anfing zu lutschen. Als sie die beiden schön nass gemacht hatte, nahm ich sie ihr aus dem Mund, fuhr an ihren Nippeln vorbei nach unten und um ihre Taille herum, um sie ihr in den Arsch zu drücken. Aber kurz bevor ich mit meinen Fingern an meinem Ziel angekommen war, bremste mich irgendetwas Seltsames. Es fühlte sich ein wenig so an, als würde ich durch meinen Bart fahren. Aber das konnten doch keine Haare sein!? Zumindest keine so langen. Deswegen angelte ich mir einige von was auch immer zwischen Zeigefinger und Daumen und zog leicht daran.

„Auaa! Alter bist du behindert? Was machst du?"

schrie sie mich an.

„Ob ich behindert bin? Was is' denn das da?"

erwiderte ich, während sie noch immer entgeistert auf mir saß.

„Ja keine Ahnung, vielleicht ist da ein Haar oder sowas?"

„Ein Haar? Das fühlt sich eher so an als hättest du dich auf einen verdammten Hamster gesetzt! Was is los mit Dir?"

antwortete ich, als mich zugleich die Abenteuerlust packte und ich mit meiner Hand noch einmal schnell zu der Stelle des Grauens fuhr. Jetzt schnappte ich etwas beherzter zu und zog nochmal daran.

„Auuaa, du Arschloch!"

rief sie und sprang von mir herunter.

Da lag ich nun. Nackt auf dem Rücken, mein Schwanz nach dieser Vorstellung eingezogen wie das Hörnchen einer Schnecke, wenn man es mit dem Finger berührte, und sicher zehn kohlrabenschwarze, zirka drei Zentimeter lange Haare zwischen meinen Fingern, auf die ich ungläubig starrte.

Ich musste das erst einmal sortieren. Wie kann eine Dame Wochen oder Monate damit verbringen, zu üben, wie man einen Pimmel komplett in den Hals bekommt, aber sich gleichzeitig nicht die Mokkastube rasieren? Was hätte sie gesagt, wenn ich sie hätte von hinten dübeln wollen? „Nein, in die Schnauze ficken, bis ich ohnmächtig werde, ist ok, aber meinen Arsch knallen geht nicht"? Guter Gott, was ist nur mit dieser Welt los?

„Findest du das jetzt cool, oder was?"

warf sie mir an den Kopf, als sie vom Bett aufstand, um die Kommode mit ihren Sachen anzusteuern.

„Ob ich das cool finde? Hast du deinen Verstand verloren? Wie kannst du zu mir kommen, um mich zu vögeln, aber dir davor nicht deinen Arsch rasieren?"

„Fick dich einfach!"

bekam ich zurück, als sie schon ihre Hose anhatte und ihren BH hinter dem Rücken zusammen hakte. Sogar in dieser Situation fragte mich der Absinth wieder „Wofür braucht die den nochmal?"

Ich öffnete das Fenster und entließ die Arschhaare in ihre wohlverdiente Freiheit. Es war
jetzt schon richtig hell draußen, weswegen ich
ihnen noch einige Meter hinterher sehen
konnte, als sie der Wind davontrug.

„Schau, wie schön die fliegen!"

richtete ich noch an Karin, die gerade mit Jacke
in der Flurtür stand. Ich bekam keine Antwort
mehr. War sie sauer auf mich?

Als sie die Wohnungstür hinter sich zuwarf,
war ich auch schon wieder in Jogginghosen
und Shirt. Ich ging bis in den Flur hinterher
und öffnete langsam die Tür zum Wohnzimmer, wo mich Heidi auf der Couch sitzend mit
großen Augen empfing.

„Was is' denn jetzt schon wieder los?"

„Naja, ich hatte ihr gesagt, dass ich mich in
dich verguckt hatte und das Ding mit ihr sowieso keinen Sinn machen würde."

„Das heißt, ihr hattet keinen Sex?"

„Natürlich nicht! Für wen hältst Du mich?"

„Oh man, bist du süß!"

himmelte sie mich an und sprang dabei auf. Wir küssten uns im Stehen und das erste, was zu tun war, war, ihren Knackarsch mit beiden Händen zu packen und sie hoch zu heben. Zugegeben, kurz hatte ich deswegen seltsame Bilder im Kopf. Was würden Karins Arschhaare, die ich aus dem Fenster geworfen habe, gerade tun? Sind alle zusammen unten auf dem Gehweg angekommen? Spicken sie wie Speere im Schnee auf der Wiese unten rechts oder hat sie der Wind in einem Radius von einem halben Kilometer verteilt? Was, wenn ein Jogger gerade unten vorbeirennt und eins davon einatmet? Ist es moralisch überhaupt vertretbar, Arschhaare so weit voneinander zu entfernen? Was zum Teufel geht nur in meinem Kopf vor?

„Honey, ich nehm' mir erst noch einen Drink",

unterbrach ich die Situation.

„Ok, dann will ich auch einen",

antwortete sie mir, während sie ihr Shirt auszog.

„Dass du schon mal bisschen was zum Schauen hast",

legte sie nach.

„Da sag' ich nicht nein",

erwiderte ich lächelnd und entschied mich nochmals für die Flasche mit den drei Achtern. Sie schmunzelte frech, während ihr eine schwarze Strähne ins Gesicht fiel.

„Erzähl' mir was, bis wir ausgetrunken haben!"

sagte sie.

„Nun ja, kennst du den Witz mit den Bullen?"

2-25-3 | 16-21-2 | 44-30-3 | 9-31-6 | 3-4-4
42-9-8 | 23-21-2 | 10-17-2 | 23-2-2
31-80-1 | 5-6-2 | 22-2-2 | 53-7-3
29-1-3 | 38-25-11 | 3-32-3 | 48-29-1 | 29-29-4 | 39-43-2 | 32-25-6
17-4-2 | 40-40-4 | 9-9-4 | 35-5-1 | 22-1-2 | 4-4-4 | 2-2-2
33-8-2 | 22-40-2 | 33-3-3 | 14-4-5 | 22-24-3 | 45-3-3 | 6-25-5
56-4-1 | 35-40-2 | 48-22-1 | 5-5-5 | 53-5-3 | 44-6-7 | 1-11-4
53-5-1 | 24-7-2 | 37-2-3 | 44-4-2-25-3 | 16-21-2 | 44-30-3 | 9-31-8 | 3-4-4